KB037339

박청란 시집

꽃이 나에게 말한다

박청란 시집

꽃이 나에게 말한다

펴 낸 날   2023년 11월 6일
초 판 인 쇄   2023년 11월 1일

지 은 이   박청란
펴 낸 이   박숙현
주   간   김종경
편   집   이미상
펴 낸 곳   도서출판 별꽃
출 판 등 록   제562-2022-000130호
주   소   경기도 용인시 처인구 지삼로 590 CMC빌딩 307호
전   화   031-336-8585
팩   스   031-336-3132
E - m a i l   booksry@naver.com

ISBN / 979-11-981341-7-2 (03810)

꽃이 나에게 말한다

박청란

별꽃

목차

1부
풀 언제 푸르렀던가

2부
봄 온 걸 어찌 알고

3부
새가 묻는다

4부
나를 사랑해준 손

5부

완전 가을이구나

1부

풀 언제 푸르렀던가

겨울 낚시

집 앞 호수

꽁꽁 언 얼음 위로

하얀 싸리눈 살짝 덮인다

젊은 아빠

쇠꼬챙이로 얼음을 깬다

이제 다섯 살 남짓 아들

아빠를 지켜본다

얼음에 구멍이 뚫어지자

아빠는 아들을 의자에 앉히고

낚싯대를 준다

날씨는 여전히 춥다

입에선 굵은 입김이 나온다

한 마리 낚으면

엄마 아빠 소리치며 좋아하는 아들

거실 벽난로 옆 소파에 앉은 남편은

그 광경 보며 빙그레 웃음 짓는다

모든 아빠는 그렇게 자식을 키웠지

신新
라
보
엠

지난겨울

너무 추웠고

너무 가난했다

땔감이 없어 원고지를 태우는 사랑

가난해도 사랑은 변치 않고……

드디어 봄

원고지 태우던 사랑은 간데없고

햇살에 비친 구봉산이

연두색 잎으로 옷을 갈아입는다

나 여기 살고 있는 곳 그림과 같구나

앞 호수에는 잔잔한 물결 일고

호수 건너 마을에 수탉 울음소리 들리고

물가의 버들나무도 싱그러운 새싹 내민다

구봉산 계곡 너머로 재두루미 한 쌍

한가로이 날고

밭 가는 농부의 트랙터 소리만

한가로움을 꾸짖듯 바삐 돌아간다

그날 목이 터져라 웃었습니다

엄마 생일날은

진녹색이고

아버지 생일날은

연초록이라며

새끼들이 모였습니다

미국에서 공부하고 있는

손자 손녀까지

모두 다 모였습니다

이런 저런 얘기를 하면서

목이 터져라 웃었습니다

하얀 이가 보였습니다

어금니까지 보였습니다

목젖이 훤히 드러나도록 웃었습니다

나도 덩달아 눈이 감기도록 웃었습니다

이게 가족이지

이게 사는 거지

암, 그렇고말고

포도송이처럼

다닥다닥 붙어있어도 싫지 않은

돌아가는 길에 현관을 나서며 막내딸이
내 얼굴에 뽀뽀해 주었습니다
그리고 날 꼬옥 안아주었습니다
가슴이 터지도록......

화창한 봄날

우와,

이불 빨아 널기 딱 좋은 날이구나

풀 속에 자란 양귀비꽃 하나

자고 나니 풀 사이로

양귀비꽃 하나가 자랐지 뭐니

어찌나 예쁜지

그냥 놔두자니 풀에 질 것 같고

그렇다고 옮기자니 손 타서 죽는다면?

자존심이 세서......

이걸 어찌해야 하나

하루 종일

심란해

시장이 반찬

식전 구백리라고
해 나기 전에 한다는 것이
오전 내내 밭에 매달려 김을 맨다

거실에 있던 영감이 창문을 열고 말한다
"그만 들어와 쉬어, 더위 먹으면 어쩌려고"
김매던 손을 멈추고 허리를 펴며 묻는다
"지금 몇 시쯤 됐어요?"
"열두 시가 넘었지. 점심때 훨씬 지났다니까"
"벌써 그렇게 됐나"
빠른 몸짓으로 옷을 털며 주방으로 들어선다

영감과 마주한 밥상
곰 발바닥만 한 상추에 밥 한술 푹 떠서
입 터지면 어쩌려고.......
풋고추에 된장까지 찍어 한입 깨문다

시장이 반찬이라고
어찌나 맛나던지

가슴에 묻어둔 이야기

뭐 그깟 일로
더한 일도 겪었는데
그래도 살아야지
훌훌 털고 사는 거야
암, 사는 거고 말고

알아도 속고 몰라도 속고
세상일이 어찌 자로 잰 듯하랴,

어지간하면
가슴에 묻고 사는 거지

소소한 행복

1. 비 오기 전

아침에 일어나면 제일 먼저 찾는 게 있다. 핸드폰.
핸드폰에 있는 카메라를 켜고 마당에 나간다. 밤새
얼마나 열심을 냈는지 꽃들이 흐드러지게 피어 있다.
신이 난 나는 꽃밭 천지에서 핸드폰 셔터를 마구 눌
러댄다. 찰칵, 찰칵, 찰칵, 예쁜 꽃들이 핸드폰 속으로
빨려 들어간다. 향기만 놔둔 채. 오늘같이 비 오는 날
이면 빗소리 들으며 그날 아침에 찍어둔 꽃들을 보는
재미가 쏠쏠하다.

2. 비 온 후

정신없이 퍼붓는 장맛비로 인해 집 앞에 호수는 흙
탕물이 가득하고. 포부도 당당하니 내리던 장대비가
멎자 잠깐 비 멎은 사이로 백로 기지개 켜며 난다. 호
숫가에는 물 잔뜩 먹어 배부른 버드나무 젖은 잎을
말리는데, 그 심사를 아는지 모르는지 잿빛 하늘은
아직도 비를 내리고 있다.

두창리 호수는 알고 있다

덥다 못해 삶는다 삶아,
어딜 가나 불볕더위로 펄펄 끓는다
만나는 사람마다 이마에 땀을 한움큼씩 이고 다닌다
얼마나 더웠으면 호숫가 버드나무조차
반쯤 물에 잠겼을까

이런 날이면 아무런 생각 없이
구봉산 계곡물이 모이는 두창리 호수에
풍덩 빠지면 좋으련만 체면이 뭔지
아서라,
호수는 알고 있다
이것 또한 지나갈 것이란 걸

오늘도 호수는 잔잔하고 조용하기만 하다
꿈결과 같이

등을 긁으며

내 몸엔 섬이 있다
죽었다 깨어나도 손이 닿지 않는

108번뇌보다 더 괴로운 것은 다리 쑤시는 고통
젊어선 몰랐지 암, 몰랐고말고

등이 가려운데 손이 안 닿는다
효자손은 답이 아니다
물끄러미 바라보던 영감이
효자손을 밀치며 등을 긁어준다

부부란 손이 닿지 않는
등을 긁어주는 사이

햇살 향

환장하게

화창한 가을날

두 손 썩썩 문질러 빨래를 한다

쨍한 가을볕

뽀얗게 빨아 널은 빨래

살짝 코에 대 본다

햇살 향 난다

코스모스

가을볕 사이로

바람이 호수에 인다

호숫가에 들풀들 봐달라며 몸짓할 때

키 작은 코스모스는

소리 없이

볕을 보고 눕는다

11월은 꽃도 고집을 꺾는다

여름 장마
사나운 바람
뜨거운 가을볕
한 송이 꽃으로 피기 위해
고집만으로 견딘 세월

활짝 핀 꽃
꽃 속에 나비인가 나비 속에 꽃인가
서로 좋아 입맞춤하는데
가슴 벅찬 기쁨 풀길 없어
카메라에 담는다

트인 시야 가로막는 어지러운 전선 너머로
실바람 한들거리고
그리움 탓에 호수를 찾는 사람들은
억척스러운 삶을 잠시 놔둔 채
애꿎은 물고기만 잡는다

눈 오는 날에

1

거실에 앉아
아침에 날씨가 꾸물 하더니 기어이 첫눈이 온다
처녀 가슴 울렁인다는 그 첫눈, 제법 눈발이 굵다
누군가는 가슴에 묻어두었을 첫사랑의 추억 하나,
여느 때 같았으면 오솔길이라도 걸으며 눈을
맞았을 텐데

2

거실에 서서
커튼을 젖히고 창문을 연다
눈발이 바람에 쓸려 거실까지 들어온다
눈 속에도 호수에는 물오리 떼 지어 놀고
구봉산은 떡고물 뿌려 놓은 듯
하얀 눈꽃을 피우고 말없이 조용하다

3

창문을 닫으며
덧없는,

이렇구나

지난여름 내내 봐달라며 화냥기 어린 몸짓으로

온몸을 흔들던 코스모스도 들국화도 메마른

풀잎 되어

내리는 눈의 무게에 허리가 굽어진다

어둠이 깔리고 있다 적막하다

세
월

가는 길

아침에 집 앞 호수. 새 수십 마리가 V자로 줄지어
날아가더니
이내 눈이 내리기 시작한다. 첫눈이란다
제법 굵은 게
금세 끝날 것 같지는 않다. 그렇게 차 한 잔 마실
시간쯤 지났을까
호수를 빼고는 모두가 하얗다. 눈 속에 노부부
눈 쌓인 길을 걷는다
영감은 앞서고 할멈은 영감이 내준 발자국을
밟으며 조심히 따른다
모처럼 나서는 나들이 동창회 다들 어떻게
늙어가고 있을까
아마도 태어난 방식대로 늙어가고 있겠지

오는 길

50년 전
젊은 날 짧은 머리에 카라 깃 세운 멋쟁이 청춘
검은 교복에 가방을 들고 학교 다녔던 홍안의
미소년
지난 얘기들로 동창회 모임은 그렇게 무르익어 간다
이제는 홍안의 미소년도 없고
짧은 머리에 카라 깃 세운 청춘도 없다
낼모레면 팔십 노인네
머리에 흰 눈만 소복이 쌓인 채
그렇게 늙어간다

아침 운동 길에

세월에 장사 없다고

갈대조차도 누렇게 떴다

솜 같은 씨를 바람에 날려버리고

기름기 하나 없이 야위어간 갈잎

처참하게 말라서 있는 갈대

잎 언제 푸르렀던가

아침 운동 길에

갈대가 말한다

난 흔들려도

넌 흔들리지 말라고

하지만 나는

갈대의 말을 알아듣질 못한다

2부

봄 온 걸 어찌 알고

가족

ㄱ

ㅏ

ㅈ

ㅗ

ㄱ

붙어있으면

아옹다옹 하다가도

안 보이면 그리운

ㄱ으로 시작해서 ㄱ으로 끝나는

언제나 처음 산 옷 같은

낡지 않는

가족

아들이 오는 소리

1

호수에 뭉게구름이 내려와 앉으면
발가벗은 물 버들은 물속에 몸을 담근다
엄동설한에
차가운 물 속에서
죽지 않고 산 게 용타

2

호수가 출렁이면
집 앞에 나와 호수를 바라본다
고운 바람이 내 볼에 스친다
찬 듯 시원한 듯
겨울바람인데도 봄바람처럼 느껴진다

3

저만치서 동구 밖 꺾어지는 모퉁이에
새 한 마리 눈 내린 가지 위에 앉아
한참을 울다 나를 힐끗 본다

하지만 날 모른체 한다
우린 서로 모르는 나그네

4
자꾸만 시선이 동구 밖 쪽으로 간다
아들이 오는 소리는 다르다
차가 막히나, 아들 기다리는 마음
기다림은 지치지 않는다
만날 수 있다는 기쁨 때문에

어린 가슴

푸르른 벌판

병풍처럼 펼쳐진 산

그 앞을 가로지르는 철길

연기를 뿜으며 떠나가는 기차

단발머리 소녀

하루종일 수리조합

물 흐르는 둑 가에 앉아

엄마를 기다린다

해 저물면

멀리서 오는 낯익은 그림자

혹시 엄마 아닐까?

가까이 오면 엄마가 아니야

울컥 솟는 설움

오늘도 엄마는 오지 않고

어린 볼에 눈물 흐른다

어둠이 깔린 틈새로
수리조합 물만이 제 길을 가고 있다

또 봄으로

엄마와 함께
살았던 만경평야

함께 웃고 놀던 그 아이들
나처럼 늙어가고 있겠지

기차가 떠나간 자리
어린 소녀 여린 가슴 앉혀두고
수리조합 물은 어디쯤 흘러가고 있을까

엄마의 눈물

아침

오늘 아침은 성찬이구먼
소쿠리에 가득 쌓인 채
아침상에 오른 상추를 보면서 영감이 한 말이다
평생 들어온 말인데도 쑥스럽다
영감이 쌈을 싸 내밀며 말한다
당신 아직도 새댁이라니까
듣는 늙은 새댁 상추쌈을 받아먹으며
한 손으로 입을 가린 채 호호호 웃는다
참 오랜만에 웃어본 아침이다

점심

노부부 사는 호수 앞 작은 집
늙은 새댁은 동구 밖부터 골 안까지
꽃씨를 심느라 비지땀을 쏟는다
정신없이 심다가 문득,
그 찰나의 틈새로 나를 본다

외로워 외로워 외치다 죽어가는 인생

조금씩 서서히 잊혀가며 죽어간다

일하다 힘들어도 힘들다 말 할 사람 없고

꽃이 예쁘다고 말을 주고받을 사람 없는

이제는 시름도 깊어 외로움과 사귈 시간이다

저녁

은빛 물결 잔잔하고

서쪽 산에 햇볕이 숨 쉬고

마지막 빛을 감추고 있는데

내 마음도 따라가 해와 별과 달과 같이 놀다

밤 지새고

바라는 게 있다면

아침에 동쪽 하늘의 빛을 바라보며 뜨고 싶다

밤

모두가 잠든 이 시간이면

딱 한 여자가 언제나 그립다
엄마,
엄마는 딸 때문에 무척 많이 울었다
엄마의 눈물을 닦을 수 있는 사람은
엄마를 울게 한 딸이다

첫날밤

1962년인가 그쯤 봄날

눈 마주칠까 부끄러워
고개 외로 꼰 채 살포시 머리 숙입니다

마지막 첫날밤
마지막 첫사랑

기억하면 사라지지 않는다

이만큼이면 됐지 뭐,

얘야, 뒷삐 아래 가서 나무해 온나. 마루 훔친 걸레를 물에 담그며 엄마가 말했다.

어린아이는 얼멍덜멍 짠 망태기에 새끼줄 매달아 메고 갈퀴 하나 들고 뒷삐 아래로 간다.

긁어서 나올 것도 없는 뫼 동에 누런 잔디 풀밭을 갈퀴로 한번 쓰윽 긁고는 이내 옆에 딩구는 덤불을 긁는다. 망태기에 담고 담아도 차지 않는다. 논 벌판에 가면 거름으로 썩히는 지푸라기 혹시 만나면 횡재. 갈퀴로 긁어 담는다. 이만큼이면 됐지 뭐,

설렁설렁 채워 담고는 집으로 간다.

늙으면 몇 개가 변하는데 잠이 짧다.

일찍 일어나 꽃씨와 호미를 챙기고는 길가로 간다. '식전 구십 리'라고 동트기 전에 동구 밖에서부터 호수 안을 지나 골 안까지 꽃씨를 뿌린다. 부지런히 꽃씨를 뿌리고 나면 손끝이 얼얼해진다. 비로소 허리를 펴면서 혼자 중얼거린다. 이만큼이면 됐지 뭐, 남은 꽃씨를 그렇게 마저 뿌리고 영감 아침 밥상 차리기 위해 부지런히 종종걸음으로 집으로 간다.

운동하러 나온 이웃이 입가에 환한 웃음 지으며 묻는다.

할머니 어딜 그렇게 바삐 가요.

으응, 하고 얼버무리지만 속으로는

집에, 영감 아침 차려드려야 하거든, 이라고 말한다.

여자의 인생에는 이만큼이면 됐지, 더는 어림 택도 없다.

여자는 늙어도 하루가 이렇게 바쁘다.

밥빚

집 앞으로 호수 맞은 바래기에 사는 부부가 지날 때면 참새가 짹짹거린다. 밥 달라는 소리다.

조롱 바가지에 모이를 담아 데크에 올려놔 둔다. 서로 약속한 것도 아닌데 새들은 마치 빚 독촉이라도 하듯이 그 시간만 되면 와서 짹짹거린다. 어쩌다 내가 새들에게 밥빚을 졌던고.

그렇다, 어쩌다 어쩌다가 어찌 어쩌다 뿐이겠는가. 내가 살면서 세상에 진 빚이 어찌 밥빚 뿐이랴. 숨 쉬는 것만도 하늘에 진 빚인 걸.

늙으면 걱정이 많다

마당 한쪽에 아무렇게나 놓인 금 간 항아리가
밤을 준비하느라 햇살을 모두 쏟아내고 있을 때
항아리 속에 가득 찬 그림자마저 사라질까 봐 걱정
이다

굴뚝 연기만 봐도 푸근했던 그 시절
부뚜막 아궁이 우리 다음 생에 만나자며
온몸이 벌게지도록 솔잎이 타들어 갈 때
가마솥 안에는 감자가 뽀얗게 익어가고 있는데도
행여 식구들 끼니 거를까 그게 걱정이다

내 생의 사잇길 틈새로 비친 봄볕에 잘 말린
풀 먹인 광목천 다듬이질 곱게 하여 꿰맨 이불
바스락바스락 광목천 이불 우는 소리가 유난히
정겹게 들리는 밤이면 늘 윗목으로 살아온
80 평생 끝자락을
따뜻한 아랫목에 등 보이며 잠 청해보는데
혹시 잠 안 오면 어떡하지 그게 걱정이다

진달래

옅지도 않고
진하지도 못한 것이
빛바랜 꽃빛

겨울 속에 감춰둔 꽃잎

봄 되면 다시 오마, 약속한 적도 없는데
호수 이쪽 골 안으로 조금 더 들어가면
구봉산 중간자리쯤까지 진달래가 와 있다

봄 온 걸 어찌 알고

가녀린 꽃잎
가지런하고 곱게 다듬어
언 땅에서 나를 이겨 너에게로 간다
기다리지 않아도 오는 세월처럼

달
1

밤잠을 설치는 날이 부쩍 많아졌다

바스락하는 소리에 눈을 떠보니
달이 환히 비친다

쟤는 잠도 안 자고 혼자 뭐 하고 있지

달
2

달이 높이 떴다
왜 그랬을까

매일 밤마다 저렇게
뜬눈으로 지새우는 걸 보면

아마도
깊은 사연이 있을 거야

달
3

오늘도 하염없이

누군가를 기다리는 저 달을 뒤로한 채

잠에서 깨어나 주방으로 간다

조용한 두창마을

꽃분이 짖는 소리

시어머니께서 남겨주고 가신 팔십 된 아들

오늘 하루 밥 세끼 잘 차려드려야지

달은 밝아 오르는 동녘 해보다

더 붉은 빛으로 서산으로 넘어간다

밤새 기다림에 지친 몸을 끌고

봄맞이

뜰로 나가 봄을 맞는다

파란 새싹

피어나는 거

피려고 준비하는 거

폈다고 뽐내는 거

뜰은 온통 곱게 차려입은 새악시 옷매무새 같다

나가면 들어오기가 싫은 오월의 봄은 곱기만 하다

해질 무렵

백암 장에 갔다가

채전에 심을 모종 사 들고 오는데

집 앞 커다란 도토리나무에서

파란 새순으로 돌아오고 있는 봄을 봤다

짝사랑을 마주한 소녀처럼

순간이지만 살짝 설렘이 왔다가 갔다

혼자 뜨는 달

늦은 밤

거실 소파에 누운 채

창밖을 본다

혼자 뜬 저 달

어쩌자고 높이 올라간 걸까

누굴 못 잊어서

이토록 긴 밤을

눈 허옇게 뜨고 있니

그것도 하나뿐인 외눈을

3부

새가 묻는다

풀꽃씨

간신히 버텨 온 그리움 하나
두창리 호숫가에 보슬보슬 피어나는
물보라 속에 해죽하니 얼굴을 내밀 때
구봉산 산새들이 호수를 건너고 있었다

호숫가 물 빠진 둔덕에는
검은빛으로 굳어버린 반죽덩이 진흙
그 어둠 속을 뚫고 풀꽃씨 하나 뾰쪽하니
올라온다
호수를 건너던 새 한 마리 빠른 몸짓으로
풀꽃씨 새싹을 싹뚝 잘라먹는다
슬프지 않았다

그게 너의 일이기에 아직은 슬프지 않은 걸까

슬픈 날에는 눈을 감는다
어쩌면 풀꽃씨 새싹은
제 몸의 절반이 잘려나갔는데도 아무 말도 없다

슬플 때는
진흙더미 옆에서 진흙을 뚫고 나오는
풀꽃씨하고 종일 싸운다

풀꽃씨는 늘 진흙 속에만 있는 것이 아니다
가끔은 하늘 향해 얼굴 보이기도 한다
봄비에 버림받고 터트리는 첫울음이
풀꽃씨가 풀꽃 되는 순간이다

치매

똑똑
떨어지는 꽃잎을 보면
가슴이 철렁 내려앉는다
그 꽃 한 송이 보여주고 싶었지만

기어이
보여주지 못하고
가버린 뒤 꽃잎을 본다

정신이 돌아오면
보이지 못함을 후회하지만
흘러간 시간 되돌릴 수 없고

똑똑 떨어지는 꽃잎 놔둔 채
서산으로 넘어가는 흰 구름이
어찌도 야속하던지

내 몸 하나 들어갈 흙무덤
저리도 먼가

해지는 겨울날

깨물고 싶도록 소중한 날들

날마다 하루를 앓는다
꽃잎이 아름다운 것은
죽는 순간까지도 씨앗을 잉태하기 때문이지

그토록 몸살 치는 하루는
원망하고 미워하고 괴로워함이지
별것도 아닌 것을

깨물면 톡 터져
없어질 것만 같은 날들
꽃과 자연 속에 이렇게 세월은 간다
지나고 보면 모두가 소중한 추억인 것을

청춘은 가고 늙음에 맘 아파하는 날 많아
그래도 하루하루 열심히 예쁜 날 보낸다

꽃 속에서 꽃잎처럼 지는구나

다듬이 소리

참 오랜만에 들어보는 소리
두창 호수 건너편 어디메쯤 누군가 집에서
다듬이 치는 소리가 들린다

조용하기만 하던 동네
간간이 들리는 개 짖는 소리
호수 위를 날아가는 철새 소리

오늘은
다듬이 치는 방망이 소리가 은은하다

옛날, 이불 홑청 뜯어 삶고 빨아
찹쌀풀 먹여 꾸들꾸들 말려
다듬잇돌 위에 야무지게 놓고는
방망이질하면 그 소리가 어찌나 곱던지

어머니 생각이 절로

비단옷 뜯어 깨끗이 빨아

홍두깨 입혀 방망이로 두들기고

빠른 손놀림으로 바느질하시던 어머니 모습

바늘구멍에 둥지를 틀며

오늘은
우울과 슬픔이 다녀간 날

칼이 내 목을 벤다

순간
혀는 한쪽으로 몰리고 이건 분명코 슬픈 일

하늘의 뜻으로 알아야지

조용히
꽃과 흙과 풀과 살라는

밖에는 비 내리는 소리 들리고
두 노인 주방 정돈하다 힘없이 비실비실 쉬고 있고

적막한 아침이다
빼문 혀 속으로 등은 조금씩 굽어가고
여전히 나는 바늘구멍에 둥지를 트는 중이다

입
으
로

혈
서

쓰
는

날

망나니가 어금니 안쪽에서 칼춤을 춘다
베어진 살점이 툭툭 떨어져 나간다

에라잇!
못된 것아
하필이면 술잔에 굳은살이 박힐 게 뭐람

내가 전화 안 하니 전화 올 데도 없고
세끼 밥 만들어 두 늙은이 먹고
맑은 공기 속에 꽃피며 내일 있다고
철석같이 믿는다만
그래 믿고 살아야지
괴로운 날 섭섭하게 하는 사람 많지 암, 많고말고
있을 거야 고맙게 하는 사람 있을 거야

발등을 찍는 건 서슬 퍼런 칼날이 아냐
믿는 도끼지

　　장독대 옆에 남향으로 풍신난 땡감나무 하나. 심은
적도 없는데 어느 날쯤엔가 봤더니 이만큼이나 자랐
지 뭐야. 누군가 먹고 감꼭지 채 버린 건지. 새가 그
큰 감씨를 물어왔을 리 만무하고 바람이 그랬을 리
는 더더욱 아닐 것이고, 아무튼 느닷없이 커버린 땡
감나무를 보게 된 거야. 그것도 보려고 본 것도 아니
야. 요 몇 달 새 큰 병원 들락이며 치료받느라 정신이
없었거든. 그래도 많은 이들 덕으로 이제는 몸도 어
느 정도 예전처럼 돌아와 장독대를 볼 틈이 생긴 거
야. 그런데 이게 웬일이니. 장독대 옆에 있는 풍신나
게 생겼던 그 땡감나무에 땡감이 글쎄 노랗게 그것도
흐벅지게 다닥다닥 열린 거지 뭐니.

　　어찌나 곱던지.

　　다음 날 아침, 항아리 뚜껑 위에 잘 익은 감 하나가
반쯤 터진 채로 떨어져 있는 거야. 주워다가 반을 뚝
잘라서 영감한테 내미니 영감도 아무 말 없이 그걸
받아 한입 깨물더니 배시시 웃는 거야.

나는 알지, 한 입 깨문 영감의 입이 귀에 걸린

까닭을.

새가 묻는다

겨울로 가는
찬바람은 소슬하고
이 마음 둘 데 없어
창가에 우두커니 앉았더니
호숫가 내려앉은 철새 날 보고
툭 던지는 말

칠십 평생 뭐 했수?

세월 무상

겨울 찬바람에 지는 꽃
뒤태가 너무 쓸쓸해

마른 꽃잎 영락없는 내 모습이구나

덧없어라

이다지도 빠른 세월아
한때는 단발머리 나풀거리는 소녀였다오
지금은 그저 마음만 소녀라네

**지
는
꽃**

구봉산 숲 불어오는 겨울바람

지는 꽃 막을 수 있다면

김장 품앗이

어쩌면 이게 마지막 발악인지도 모른다

왁자지껄 떠드는 소리
서걱서걱 무 자르는 소리
싸각싸각 싸아악 배추 자르는 소리
어머 배추 좀 봐
속이 너무 꽉 찼어
연신 칼질을 해대며
누구랄 것 없이 한마디씩 해댄다
고춧가루 소금 굴 황석어젓
갖은 양념 다 붓고는
손으로 주억주억 뒤집고 섞는다
주방에선 점심으로 탕을 끓이는 냄새가
코끝에 솔솔 빨려들어 오는 것이
아마도 동태찌개 같다
올겨울 김장 김치는 무척 맛있을 거야
모두 내 일처럼 이렇게 신나게
품앗이하는 걸 보면

코스모스를 보며

아 덧없다
코스모스가 지는 것을 보니
이젠 가을도 끝이구나

핸드폰 뚜껑을 열고
전화를 한다
여보세요
…
응
엄마야
김장했다 김치 가져가
어쩌면 엄마 생전에 마지막 김장일지 몰라
엄마 왜 슬프게 그런 얘기하냐구-우
둘째 딸이 투정을 한다

둘째 사위는 내가 해 준 음식이
제일 맛있다는데 밥 두 그릇쯤은 뚝딱이다
내 딸만 죽어라 사랑하는 바보 같은 사내
지 마누라가 세상에서 제일 예쁘다나

꽃에게 묻는다

삶

어떻게 사는 게

잘사는 거니

잘사는 게 옳은 거니

바르게 사는 게 옳은 거니

칠십 반평생을 살았는데

아직도 모르겠어

언
제
부
턴
가

사
람
들
은

송아지 일곱 마리
어미 황소는 저만치 뒤에 선 채로
큰 눈망울을 굴리며 호수를 바라본다

문득 어릴 적 생각에 장난기 어린 목소리로
"음 메" 소리 내며 풀 한 줌을 던져주니 저도
알아듣는 양 고개를 쭈욱 빼더니
"엄 마 우" 소리를 내며 받아먹는다

끝소리를 길게 늘어뜨리는 것을 보니
아마도 고향이 저 아랫녘인가 보다

언덕배기에 우두커니 서서
나를 빤히 바라보는 황소
황소는 큰 눈망울을 껌벅이며
무슨 생각을 하고 있을까
슬프도록 큰 눈망울을 가진 황소는
엄마를 부르며 운다 "엄 마 우"

알아들을 리 없는 사람들만
"음 메"라고 우길 뿐이다

언제부턴가 사람들은
자기가 믿고 싶은 것만
믿는 버릇이 생겼다

저녁 무렵

1

서울. 내 집은 담이 있다
젊은 날 새댁 시절부터 살던
아들딸 낳고 시집 장가 보낸
그 집은 마당만 가로질러 가면
바로 담인데 경계의 담만큼이나
사람 사이에도 담이 있다

2

용인. 내 집은 담이 없다
산줄기가 에워싼 그래서 더욱 아늑한
이런 첩첩산중에 와서 살 줄이야 꿈엔들
굽이진 비탈길을 한없이 들어와야 하는 곳
모를 것이 인생이라지만
집으로 가는 길은 멀기만 하다

3

두창리. 엉겁결에 이사와 사는
텅 빈 가슴 아기자기 친구도 많았으면

좋으련만 옆자리는 언제부턴가 하나둘씩 비어있다
세월이 데려가는 거야 암 세월이 데려가는 거지
세월 앞에 장사 없다더니
인생은 짧다
인생은 짧어

4
백암 장날.
명절엔 온 식구가 모인다
품안에 자식이 어느새 자라 세간나면
이제는 손님. 가끔은 눈치도 봐야 하는
명절이면 더욱더 맛있는 거 해주고 싶은 마음
내 손으로 자식들한테 맛있는 거 해줄 날이
얼마나 되랴

5
집으로 가는 길.
해 질 녘 집으로 간다
두 늙은이 딸네 집에 가듯이 바쁠 것도

그렇다고 늦장 부릴 것도 없는
살아온 인생만큼이나 굽이지고 비탈진 길을
차를 몰고 한없이 들어와야 하는 곳
내가 사는 집 동네로 들어오는 길목은
언제나 외지기만 해서
더욱 외로운 곳

가을이 오는 소리

나팔꽃이 피다 수그러들면
그 순간 가을이 오고 있다

낙엽 밟는 소리가 들리면
그 순간 이미 가을은 와 있다

구봉산이 새 각시 볼처럼 물들면
그 순간 가을은 이미 저물었다

4부

나를 사랑해 준 손

남편 손

오늘은 초복
남편이 나를 데리고 외식을 간다
복거지 할 모양이다
대문 앞 상사초
연분홍색으로 곱게 폈다

잎과 꽃이 만나지 못해도
서로를 믿어 주는 꽃
복거지 가는 우리를 물끄러미 바라본다

남편 손을 잡고 대문을 나선다
불현듯 드는 생각
남편 손이 많이 야위었다는

나를 사랑해준 손
자식 예뻐하며 안아주던 손

머릿속에 생각이 많아진다

혀 깨물면 내리는 비

두창리에는
혀를 깨물면 두 개의 비가 온다
골 안에도
골 밖에도
두창리 호수에도
혀를 깨물면 내리는 비

백암 장에 가면 모두 만날 얼굴인데
돌아서면 왜 그리 아픈 말들을 하는지
혀 깨물어 내리는 비는 아픈 비다
한 비는 두 눈에서 또 한 비는 가슴에서
당신이 이런 말 했소? 따져 묻지도 못하고

두창리 호수의 반은
혀를 깨물어 내린 빗물이다

꽃처럼

나무 뒤에 숨어 서리 맞고
비 맞아도 웃음으로 피어나는 꽃
꽃들은 입방아가 없다

내일이면 춥다는데
추위에 온몸 시리면서도
진한 향기로 피어나는 꽃

꽃이 화내는 것을 본 적이 없다

찬바람에 꽃대가 휘어지고 허리가 꺾여도
꽃향기 주는 게 꽃의 일 인양
꽃은 그렇게 산다

원삼 막걸리

술 마실 줄 모를 때
원삼에 이사와 막걸리 두 잔에
취해 한없이 울었다

벌써 15년 세월이 흘러
오늘은 동료 시인들과
원삼 막걸리를 마신다

원삼 막걸리는 재료가 밀가루야
다른 막걸리완 달라
기분 좋게 취한 시인이
혀 꼬부라진 소리를 한다

산은 세찬 파도처럼 굴곡을 이루고
희뿌연 잿빛 하늘
그 아래로 막걸리에 취한
해는 벌겋게 떠 있다

나는 흔들리고 있다

지난날의 소회 素懷

일찍 저녁상 물리고 항상 그렇듯이
운동 삼아 마당을 걷는다
이런 밤이면 그냥 가슴이 시리다
아마도 그리움 때문일 거야
젊은 날에 가슴 철렁한 추억 하나
차렷 자세로 꼿꼿이 서서 경례하던 그 생도

"누님하고 싶습니다. 허락해 주십시오."

새댁은 마치 죄라도 지은 양
놀란 가슴 움켜쥔 채 뒤도 못 돌아보고 대문 안으
로 달려간다
다음날 아들을 등에 업고 행여나 하며 서성여본다
많은 용기를 내었음 직한 그 한 마디
5분만 다방에서 얘기 좀......
공군 사관학교 근처를 지나칠 때면 생각난다
지금은 어느 하늘 아래서
장군이 되어 있을지도 모를 그 사관생도
네 자녀의 엄마요 한 남자의 아내요 며느리이기에

십 년 만의 외출은 그렇게 아련한 추억이 됐다

이제는 칠십 반평생이 훌쩍 넘었다

누가 인생을 길다고 했던가

가는 세월 잡고

오는 세월 막을 약은 없을까

인생은 너무 짧다

인생은 혼자 가는 것

찐빵 사려고 차를 세운다

낙엽이 바람에 떨어져

차창에 앉는다

너도 혼자니

인생은 혼자더라

멍든 가슴

구봉산이 달을 이고 있다

그날
손으로 두드려 만든
무쇠 냄비 하나
칠흑같이 어두운 밤 덩이 같은 냄비
그 속에 끓는 가슴앓이
보글보글 잘도 끓는다

지금쯤 바닷물은
빠지고 있겠지

식탁에 앉은 노부부
달을 보고 얘기한다
지금껏 살아 옛 얘기 나눈다
서산에 큰 별 하나는 뭐지
구봉산이 멍든 가슴을 이고 있다

그날
이천십이년오월오일

참
새

놀러?
아냐?
그럼, 밥?
아하 그렇구나!

밥을 먹는 건
오늘을 살겠다는 약속

내 구상

침대는 작은 방에 놓고
큰 방은 들기름 먹인 장판하고
보료는 민속 원색 밝게 꾸미고
노인은 집안의 꽃이다

이부자리에서 의복까지
깨끗하고 화려해야 해

문갑도 깨끗이 닦고
흠난 곳도 손질해
머리맡에 놓고
살고 싶은데
내 생각뿐

내 집에 들어온 자개 문갑

문짝에 붙여진 공작새

화려한 날개가 예쁘다

내 방에 들어오던 날

너무 좋아 닦고 또 닦고

구정 뜨개질한 덮개를 깔고

그 위에 난 화분을 놓는다

내 평생 제일 값진 자개 문갑

어느 장인이 만들었을까

볼수록 정이 간다

수십 년 세월이 훌쩍 지나

나는 변한 게 너무 많아

사는 생활도 많이 변하고

이젠 떨어지는 낙엽에도

마음이 아파

그동안 큰일도 많이 했지

이 모든 걸 묵묵히 지켜본 너

구석방에 놓고는 먼지만 수북이

나 없더라도 잘 보존되었으면

문갑을 어루만져주며 미안하다

미안하다, 미안하다, 하였다

마지막 국화

지는 꽃 아쉬워

꽃 주전자에

한아름 따다 꽂는다

석양을 물들이는

마지막 붉은 노을처럼

흐드러지게

뿜어주는

국화 향

집안 가득 퍼진다

지난여름 쏟아지던 장대비만큼이나

여자의 일생

꽃뜰에서 꽃삽으로
꽃집 만들어 꽃을 심는다

바람에 날린 꽃씨 하나
꼭꼭 걸어둔 빗장을 푼다

스치는 지난 추억들
부질없는 상념에 젖어본다

수줍은 듯 아닌 듯 알 듯
모를 듯 입가에 미소
순간 많이 들어본 소리가
귀 벽을 때린다

여보!
나 배고파 밥 줘

.

.

.

.

.

.

아, 아서라!

꽃
할머니

딸로 나서

여성으로 자라

엄마가 되었다가

여자의 마지막 이름

할머니가 되었습니다

일흔여섯이나 된 내가

무슨 짓을 해도 무조건 내 편

들어주는 남편

기죽을까 봐 노심초사하는 큰딸

민주 몰래 슬그머니 와서

돈 쿡 찔러주는 아들

할머니 멋쟁이

할머니 멋쟁이

엄지손가락 올린 채

환하게 웃어주는 손자 손녀들

나는 행복한 할머니입니다

틈만 나면 집 주변에서 길가에까지

꽃을 심습니다

그런 날 보고 마을 사람들은

꽃 할머니라 합니다
또 봄이 오면 두창리 호숫가에
꽃을 잔뜩 심을 겁니다
평생 지워지지 않을
꽃향기가 쌓일 때까지 말입니다

꽃잎 사랑

난
이제 알았어
꽃잎 하나에도
사연이 있다는 것을

난
이제 알았어
꽃잎이 밤새껏
몸 앓이 한다는 것을

사랑
사랑
사랑
이었어

5부

완전 가을이구나

두창리

호수에 물은 언제 차려나
가을 깊어 겨울이 다가오는데
앞에 논엔 벼밭 흔적 없고
새들이 놀기 좋은 풀밭으로 묵어 있다
벼를 심던 할아버지 먼 길 떠나시고
논두렁엔 억새풀 가득하다
멀리 인자한 구봉산은 가을꽃 가득 안고
서늘한 얼굴 말이 없다
힘닿으면 꽃으로 수놓고 싶은 곳
아름다운 곳

오늘 음력 구월 초이틀

단정하고 똑바로 큰 나의 딸 민주

너의 맘이 얼마나 무거웠느냐

엄마가 다 안다

정말 고마웠다

남편

자치센터에 운동 갈 때 예쁘게 하고 다녀
화장품 사주고 귀걸이 달아주고

저녁에 편히 잘 자라고
이부자리 단정하게 펴주는 남편

늙어서 맛있는 음식 먹고 살아야 한다며
좋아하는 음식 먹자는 남편

좋은 말 많이 들려주는
바르고 똑똑한 남편

마음곳도 정직해서 그릇된 일을 보면
날카롭고 호되게 야단치는 남편

48년의 결혼 생활
마지막 노년의 길에 서 있다

초가을

꽃대가 뾰족이 나오기 시작하더니
겨울 지나 봄이 오는 길목
두 송이가 봉오리를 터트려 피어나고 있다

꽃란 주신 분들
멀리 떠나고 없지만
지금 내 앞에 살아있는
화초는 내 가슴에 안길 듯 싱싱하다

금방 전화해서 말하고 싶다
꽃이 피었다
너가 준 꽃 보러 오너라
많이 컸다

허나 인연이 끝난 사람들
가까이 있어도 멀어진 사람들
변함없이 꽃은 피어 있다

여덟 살 때 인천,

크고 큰 대로에 검은 사람도 있었다
흐느적 흐느적 걷고
지프인지 장갑차인지 트럭인지 질주하고
엄마들은 부둣가에 손으로 빚은 가래떡을
작은 좌판에 놓고 팔고 있었다

그 옛날이 꿈에 보인다
해방 직후 거봉만 한 전구다마가
골목골목에 구르고 쌓여 있었다

재산이고 집이고 다 버리고 고국으로
바삐 바삐 사업체도 버리고 그들은 갔다

텅 빈 집들이 많고 다다미 방은 비어 있었다
어린아이들은 이곳이 놀이터
전구는 장난감
철없이 소꿉장난하며 빈집에 머물러
이곳에 우리는 얼마 동안 살았다

내가 살던 두창리 집

감나무 모습 흔적 없다
마당 끝에 홍매화도
호수를 바라보며 봄소식 전하던
20년 공들여 키운 나무
해마다 장아찌 담그고 차 만들던 매화나무
가지가 휘어지도록 감이 열리던 단감나무와
땡감나무

집을 팔고 왔지만 감나무와 매화나무는
가끔 볼 수 있다고 믿었다
헌데 어느날 가보니 새 주인은
잘 키운 주목도 소나무 단감나무 매화나무 모두
싹뚝싹뚝 다 잘라버렸다

지나는 사람 목마르면 먹던 물꼴도
수도꼭지를 봉해 버렸다

감나무야 매화야 정원석들과 꽃들아
지키지 못해 미안코 서럽다

꽃분아

모든 게 가버리는구나

나도 간다

소리 없이 찾아든

연못에 물 빠지고
시끄러운데
찾는 이 하나 없는
외로운 산장 같은 집
낮에는
흙냄새 맡으며 꽃 심느라 바쁘고
호수 건너에 있는 집들과 푸른 산
호수 물결 바라본다

행여 갑자기 친지나 내 새끼들
차 멈추지 않나

멈칫멈칫 기다린다

명주 솜이불

서울에서 이사 올 때
좁은 집으로 이사 간다고
원앙이불 나비이불 사과이불
다 이집 저집 나눠주고
갑자기 전원 마을로 이사 와서 보니
두꺼운 이불이 필요하던 차

이불이 그립다
이불뿐 아니라
서재 책들 모두 대학에 기증하고 나니
책들이 너무 그립다
20년 동안 모은 좋은 문학책들

보드랍고 포근한 명주 솜이불
나에게 와줘서 고맙다
나를 따듯하게 감싸 안아서
잠들게 하는 이불 참 고맙다

포대능선

북한산에서 제일 힘든 코스 포대능선
오십 대 후반에
처음 남편 따라 넘었던 등반
바위마다 웃는 얼굴색이며 신기하고
새로운 세상을 맘에 담으며 힘차게

재미있는 등반객들의 말
내 작은 몸이 날쌔게
바위를 손으로 짚으며
산을 빠르게 오르니
다람쥐 같단다

오늘 남편의 걸음
바르게 걷던 젊은 모습
다 사라지고...

한마을 친구

스물여섯 스물넷
성장해서 길에서 만나
인사하고 영화 보고
어린 시절 얘기하고
초록색 맘보바지에 까만 오버 입고
하얀 고무신에 하얀 버선을 신고
두손을 잡고 버선이 푸욱 젖도록
아무도 밟지 않은 하얀 눈길을
발자국 남기며 걸었다

사랑이 싹트고 장벽이 있는 줄도 모르고
아련한 기억들이 가슴을 울린다

엊그제 같은데 50년 훌렁 지나
일곱 손자에 할미가 되었다
이만하면 큰 탈 없이 잘 살았다

도토리나무

하늘을 치솟는 도토리나무야
십 년이면 강산도 변한다는데
묵묵히 말없이 서 있는 도토리나무

내 속썩는 모양도 행복해하는 모양도
잘 지켜보았겠지

이 집에 이사 올 생각도 안 했을 때
나는 너를 꿈에서 보았다
하늘 끝에 닿는 큰 나무 세 그루

지금 서산에 지는 구름을 가리고 서 있는
도토리나무 잘도 생겼네

너와 나는 건강하게 잘 살았구나

어느 더운 여름날

큰아들 생일을 앞두고
무더위 가뭄이 이어진다

산후조리 잘해야 한다며
한 달을 찬물에 손도 못 넣게 하시고
손수 미역국에 고깃국을 여러 가지로 바꿔가며
좋은 반찬과 음식을 만나게 해주시던 어머니

어느 날 저의 손을 꼭 잡고
양장점에 데리고 가서 원피스를 맞춰 주신 어머니
원피스 입혀주시고
아기 예쁜 포대기에 싸서
내 품에 안겨주시고 기차역까지 배웅하시던 모습

어머니 사랑이 자꾸 생각납니다
이렇게 더운 날에

동행

늦둥이 가졌을 때 6개월 때인가?
잠자리 날개 같은 한복
어머님은 노란색
나는 분홍색 숙고자 치마저고리
남편은 회색 양복 차려입고 명동엘 갔다
어머님 악어백 사드리고
창경원 들러 어머님 양산 받고
가운데 모시고 사진 찍고
오장동 회냉면을 먹었다

오랜 세월이 지났건만
벚꽃이 흐드러지게 필 무렵이면
어머님 좋아하시던 모습 떠오른다
무척 행복해하셨다

어머님은 가시고 꽃은 피고 또 피고
울컥, 가슴이 뜨거워진다

가지나물

김제 만경
망위산 위에 망위사가 있다
초등학교 3학년 때 하루 걸어
한밤을 자고 오는 소풍을 갔다
그 당시 시골 초등학교 6학년생
언니들은 말 만한 키 큰 언니들이 많았다
망위산 앞바다엔 수평선이 보이고
물이 빠지면 수많은 작은 게들이
모래 바닥에 기어다녔다
저녁에 작은 게들을 잡아다가
화롯불에 구워 먹고
언니들 노는 구경하며 끼어들고 싶었다

다음날 걸어서 부슬비를 맞으며 집에 와
몸살감기를 앓고 있는데
엄마는 가지나물에 기름 잘잘 흐르는
하얀 햅쌀 밥을 해주셨다
얼마나 맛있었던지
가지나물을 먹을 때면 햅쌀밥에 가지나물,

아 엄마 얼굴

엄마 가신지 어언 20년.......

저도 오래지 않아

갈 때가 되었습니다

꽃
심
을
곳
을
잃
고

핸폰에 사진을 본다
언제 내가 이렇듯 예쁜 꽃을 피웠던가

꿈결같이 지나가 버렸다

지금 나는 무엇을 하며
남은 생을 곱게 보낼까

꽃 심을 곳을 잃고
시를 쓴다

해설

무상함과 덧없음에 대한 정취

박숙현

꽃을 사랑하는 박청란 시인은 들꽃으로 불린다. 들꽃은 대자연의 품안에서 여리지만 강한 생명력으로 꽃을 피워낸다. 박청란 시인의 첫 번째 시집 『꽃이 나에게 말한다』는 마음 시린 그리움과 고독을 안으로 삭힌 들꽃의 고백이다.

그녀의 이번 시집은 회상과 추억, 그리움, 고독과 같은 가을의 정취로 가득하다. 그녀의 오랜 기억속에 간직했던 8살 단발머리 소녀가 등장하고, 싱그럽던 청춘의 시절, 남편과 오붓했던 장년의 애정, 아들딸 손자손녀로 인해 함박웃음을 짓던 노년기의 행복이 두창리 저수지와 구봉산 자락을 배경 삼아 파노라마처럼 흐른다.

라흐마니노프의 피아노협주곡 2번을 들으면 문득 박청란 시인의 시가 떠오른다. 회상과 그리움이 주는 마음의 잔물결 때문이다. 가을과 잘 어울리는 라흐마니노프의 피아노협주곡 2번의 감미롭고 애잔한 선율이 시집 전반을 흐르는 가을의 정조와 닮았다. 무상함과 덧없음에 대한 정취가 살짝살짝 일렁이는 듯 하지만 켤코 칙칙하지 않고 대자연속에 무수히 부서지는 빛의 파편처럼 반짝임으로 다가온다. 박 시인의 시와 피아노협주곡 2번의 콜라보가 완성될 수 있는 이유다.

박 시인은 유년과 남편, 자식, 가족, 그리고 정성을 쏟아 다듬고 가꾼 두창리 전원주택의 꽃과 나무, 두창리 호수와 구봉산자락을 모티프로 삼아 담담하고 잔잔하게 자신의 마음을 사실대로 써 내려가고 있다. 그녀는 가족과 자연이라는 두 개의 축을 중심으로 때로는 수채화 같은 맑은 색조로, 때로는 수묵화처럼 묵직하고 그윽한 흑백의 대비로 시간과 공간의 시어를 건져 올리고 있다. 자신의 속을 가감없고 꾸밈없이 고스란히 내보이는 유리알 같은 투명한 고백은 가슴 저리는 감동으로 다가온다.

그녀의 시에는 요란한 수식이나 상징이 필요 없다. 서정 넘치는 마음속을 환히 비추는 그녀의 시는 수채화처럼 맑고 영롱한 시어로 맺혀 초롱초롱 은방울 소리를 낸다. 머지 않아 다가올 겨울 앞에 선 꽃이 온 힘을 다해 강렬하게 자신의 화려함을 한껏 피워내고 향기를 진하게 달여내는 것처럼, 박청란 역시 지난날에 대한 사무치는 그리움과 가슴 미어지는 안타까움을 절정으로 피워낸다. 그러나 꽃이 시들고 낙엽이 떨어져버리는 속절없이 흐르는 세월의 먹먹함은 곧 구봉산과 두창리 호수를 하얗게 뒤덮는 겨울의 환희 앞에서 기쁨으로 뒤바뀐다. 계절의 순환과 나이 먹어감의 진실은 이와 같다.

팔순을 넘긴 박청란 시인은 덧없이 흘러만 가는 무상한 시간에 야속함을 느끼지만 평생 동안 무수히 맞이한 봄, 여름, 가을, 겨울의 순환과 그녀를 둘러싸고 있는 꽃과 두창리 호수, 푸근한 구봉산, 새, 나무들의 위안 속에서 여리지만 강하게 세월에 맞서 오늘도 꽃 한송이를 어루만지는 감정의 절제를 피워낸다.

박청란의 가녀린 회한과 한숨은 자연의 절경과 어우러지면서 한 폭의 수묵화처럼 눈물 머금은 은은한 묵향으로 번진다.

그녀의 인생을 알록달록 채색한 사랑과 인연과 수많은 기억의 조각들을 회상한 시를 읽노라면, 누구나 피해갈 수 없는 시간의 흐름에 눈물짓지 않을 수 없다.

가족

도종환 시인은 "우리가 쓰는 글에 가족의 이야기가 빠질

수 없다"며 "사랑, 상실, 죽음도 가장 가까운 사람에게서 경험한다"고 했다. 박 시인은 가족을 포도송이와 새옷에 비유했다. "포도송이처럼/ 다닥다닥 붙어있어도 싫지 않"고 "언제나 처음 산 옷"처럼 "낡지 않는"(「가족」 부분) 것이라고 표현하고 있다.

자녀들이 모두 장성해서 떠난 빈 둥지를 지키고 있는 박청란 시인은 아내로서, 엄마로서 한 가족을 정성스레 돌봐온 행복과 기쁨을 「그날 목이 터져라 웃었습니다」에서 잘 보여주고 있다. "목이 터져라"웃었고, "하얀 이"에 이어 "어금니"와 "목젖"이 보이도록 "웃었다"는 점층적인 과장법을 통해 박 시인에게 가족이 얼마나 소중한지 보여주고 있다. 이제 남편도 떠나고 혼자 남겨진 쓸쓸한 박 시인의 생활에서 가족이 차지한 비중이 어떠했는지 뭉클하게 다가온다.

엄마 생일날은

진녹색이고

아버지 생일날은

연초록이라며

새끼들이 모였습니다

미국에서 공부하고 있는

손자 손녀까지

모두 다 모였습니다

이런 저런 얘기를 하면서

목이 터져라 웃었습니다

하얀 이가 보였습니다

어금니까지 보였습니다

목젖이 훤히 드러나도록 웃었습니다

나도 덩달아 눈이 감기도록 웃었습니다

이게 가족이지

이게 사는 거지

암, 그렇고말고

포도송이처럼

다닥다닥 붙어있어도 싫지 않은

돌아가는 길에 현관을 나서며 막내딸이

내 얼굴에 뽀뽀해 주었습니다

그리고 날 꼬옥 안아주었습니다

가슴이 터지도록

「그날 목이 터져라 웃었습니다」 전문

116

남편

　박 시인은 시간과 함께 바뀌어가는 부부의 모습을 잔잔하고 아름답게 고백하고 있다. 시 「첫날밤」에서 시인에게 남편은 "눈 마주칠까 부끄러워/ 고개 외로 꼰 채 살포시 머리 숙"인 대상이었다. 청춘의 부부가 노부부가 돼서도 박 시인의 부끄러움과 다소곳함은 여전하다. 시 「엄마의 눈물」에서 "오늘 아침은 성찬이구먼"이라는 평생 들어온 말인데도 쑥스러움을 느끼는 시인에 대해 남편이 "당신 아직도 새댁"이라고 말해준다. 박 시인은 "듣는 늙은 새댁 상추쌈을 받아먹으며/ 한 손으로 입을 가린 채 호호호 웃는" 수줍음 많은 천생 새댁이 아닐 수 없다. 여전히 새댁같은 동안의 고운 외모를 간직한 박청란이 시 속에 담겨있다.

　시 「등을 긁으며」에서처럼 "등이 가려운데 손이 안 닿는" 곳을 긁을 때 나이 지긋한 남편은 "효자손을 밀치며 등을 긁어"주는 친근한 벗이 돼 있다. 시 「세월」에서 노부부는 "첫눈"이 오면 멋스럽게 "눈 쌓인 길을 걷는다/ 영감은 앞서고 할멈은 영감이 내준 발자국을/ 밟으며 조심히 따"르는 아름답게 나이 들어가는 노부부의 정경을 묘사하고 있다. 시간이 흘러 "머리에 흰 눈 소복이 쌓인" 남편이지만 "50년 전/ 젊은 날 짧은 머리에 카라 깃 세운 멋쟁이 청춘/ 검은 교복에 가방을 들고 학교 다녔던 홍안의/ 미소년"이었음을 추억한다.

노부부의 사랑은 알콩달콩 애틋하게 익어만 간다. 시 「이만큼이면 됐지 뭐,」에서 아내인 시인은 "영감 아침 밥상 차리/기 위해 부지런히 종종걸음으로 집으로" 서둘러 가고, 시 「남편」에서 남편은 "자치센터 운동 갈 때 예쁘게 하고 다녀/ 화장품 사주고 귀걸이 달아주고// 저녁엔 편히 잘 자라고/ 이부자리 단정하게 펴"준다. 이젠 남편이 먼 길 떠나가고 없는 텅 빈 집에 홀로 있는 시인은 "꽃뜰에서 꽃삽으로/ 꽃집 만들어 꽃을 심"다가 "부질없는 상념에 젖"어 "여보!/ 나 배고파 밥줘"(「여자의 일생」 부분)라는 남편의 소리에 "아서라"하면서도 여전히 "수줍은 듯 아닌 듯 알 듯/ 모를 듯 입가에 미소" 짓는 새댁이다. 막 울음을 터트릴 것 같은 눈물방울 그렁그렁한 가슴 속 가득한 그리움이 꽃향기처럼 번진다.

자녀

박 시인에게 자녀들은 끊임없이 사랑을 줘도 부족한 대상이다. "품안에 자식이 어느새 자라 세간" 나가고 덩그러니 남은 노부부가 자식을 기다리는 마음을 시「소리 없이 찾아든」에 잘 표현하고 있다. 부부는 "행여 내 새끼들"이 "차 멈추지 않나// 멈칫멈칫 기다린다"고 하여 나이가 들수록 자녀들에 대한 그리움이 커져만 가는 모습을 보여주고 있다. 시「아들이 오는 소리」에서도 "자꾸만 시선이 동구 밖 쪽으로 간다/ 아들이 오는 소리는 다르다/ 차가 막히나, 아들 기다리는 마음/ 기다림은 지치지 않는다"며 지치지 않는 그리움을 표현하고 있다.

시「오늘 음력 구월 초이틀」에서는 "단정하고 똑바로 큰 나의 딸 민주/ 너의 맘이 얼마나 무거웠느냐"며 큰 딸의 마음의 무게를 위로해주고 있다. 반면 둘째 딸과 사위는 사랑스럽다. 둘째 딸한테 전화를 걸어 "엄마 생전에 마지막 김장일지"모른다며 "김치를 가져가"라고 말한다. "둘째 사위는 내가 해 준 음식이/ 제일 맛있다는데 밥 두 그릇쯤은 뚝딱이다/ 내 딸만 죽어라 사랑하는 바보 같은 사내/ 지 마누라가 세상에서 제일 예쁘단다"(「코스모스를 보며」부분)라며 둘째 딸과 사위에게 아낌없는 사랑을 내어준다.

시「꽃 할머니」에서는 "무슨 짓을 해도 무조건 내 편/ 들어주는 남편/ 기죽을까 노심초사하는 큰딸" "돈 쿡 찔러주는 아들" "엄지손가락 올린 채/ 환하게 웃어주는 손자 손녀들"이라며 온 가족의 사랑을 받는 자신을 "행복한 할머니"라고 표현하고 있다. 시인은 "딸로 나서/ 여성으로 자라/ 엄마가 되었다가/ 여자의 마지막 이름/ 할머니가 되었습니다"라며 아내, 엄마, 할머니로서 느끼는 소소한 기쁨에 행복해 하고 있다.

두창리 호수와 구봉산

박 시인의 시에는 늘 자연이 함께 한다. 자연친화적인 박 시인으로서는 당연하다. 그녀가 서울집을 청산하고 정착한 용인 원삼면 두창리의 전원주택은 "산줄기가 에워싼" 곳으로 "굽이진 비탈길을 한없이 들어와야 하는" 아주 "첩첩산중"(「저녁 무렵」 부분)에 있다. 두창리 호수 변에 자리잡아 문을 열면 호수가 내다보이고, 구봉산의 사계의 변화가 한눈에 들어오는 곳이다.

시인은 봄, 여름, 가을, 겨울의 자연의 변화를 놓치지 않고 감상한다. 시 「겨울 낚시」에서 "집 앞 호수/ 꽁꽁 언 얼음 위"에서 아들과 낚시하는 부자의 모습을 "거실 벽난로 옆 소파에 앉은 남편"이 바라보며 "빙그레 웃음"짓는 모습을 보며 "모든 아빠는 그렇게 자식을 키웠지"라고 흐뭇해

한다. 불볕더위로 펄펄 끓는 날에는 "구봉산 계곡물이 모이는 두창리 호수에/ 풍덩 빠지면 좋"(「두창리 호수는 알고 있다」 부분)겠다는 생각을 하기도 한다.

시 「눈 오는 날에」는 "거실에 서서/ 커튼을 젖히고 창문을 연다/ 눈발이 바람에 쏠려 거실까지 들어온다/ 눈 속에도 호수에는 물오리 떼 지어 놀고/ 구봉산은 떡고물 뿌려 놓은 듯/ 하얀 눈꽃을 피우고 말없이 조용하다"고 하여 자연과 동화된 시인의 삶을 보여주고 있다.

시인은 두창리 생활에 흡족해 한다. 시 「신新 라보엠」에서 "나 여기 살고 있는 곳 그림과 같구나/ 앞 호수에는 잔잔한 물결 일고/ 호수 건너 마을에 수탉 울음소리 들리고/ 물가의 버들나무도 싱그러운 새싹 내민다./ 구봉산 계곡 너머로 재두루미 한 쌍/ 한가로이 날고/ 밭 가는 농부의 트랙터 소리만/ 한가로움을 꾸짖듯 바삐 돌아간다."고 하여 마치 산수화 속 목가적 풍경과도 같은 전원생활에 만족함을 알게 한다. 어쩌면 젊은 예술가들의 사랑을 그린 푸치니의 오페라 '라보엠'처럼 두 노부부의 사랑이 더욱 애틋하게 무르익는 곳인지 모른다. 그러나 시인은 두창리 전원주택을 팔고 백암면으로 이사를 한 후 오랜만에 찾아간 옛 집에 대한 안타까움과 서러움을 노래하고 있다. "감나무 모습 흔적 없다/ 마당 끝에 홍매화도/ 호수를 바라보며 봄소식 전하던/ 20년 공들여 키운 나무/ 해마다 장아찌 담그고 차 만들던 매화나무/ 가지가 휘어지도록 감이 열리던 단감나무와 땡감나무"가 모두 잘려져 보이지 않는 상실감을 토로하고 있다. 자연을 사랑하고 아끼는 박 시인의 마음은 "미안코 서럽"기만 하다. 거기에는 남편과 가족들의 추억까지 담겨있기 때문이다.

꽃 할머니

시인은 대도시와는 달리 인적 드문 시골 산속 집의 고독을 달래려 꽃 심기에 한창이다. "찾는 이 하나 없는/ 외로운 산장 같은 집/ 낮에는/ 흙냄새 맡으며 꽃 심느라 바쁘고"(「소리 없이 찾아든」 부분)라며 "내가 전화 안 하니 전화 올 데도 없"다며 적막함을 푸념하고 있다. "늙은 새댁은 동구 밖부터 골 안까지/ 꽃씨를 심느라 비지땀을 쏟는다/ 정신없이 심다가 문득,/ 그 찰나의 틈새로 나를 본다/ 외로워 외로워 외치다 죽어가는 인생"(「엄마의 눈물」)이라며 외로움을 절규한다. 세월이 흘러 하나 둘 주변 사람들이 세상을 등지는 쓸쓸함까지 더해져 고독은 더욱 커진다. 시 「두창리」에서 "벼를 심던 할아버지 먼 길 떠나시고/ 논두렁엔 억새 풀 가득"한 논에 "힘닿으면 꽃으로 수놓고 싶"다고 한숨 짓는다. 꽃을 사랑하는 시인과 동일시되는 꽃은 시인의 기쁨이기도 하지만 이처럼 시인의 고독을 달래주는 기재로도 활용되기도 한다.

한 때 꽃은 열정이고 기쁨인 때도 있었다. 청년의 씩씩함으로 김을 매던 시절 "식전 구백리라고/ 해 나기 전에 한다는 것이/ 오전 내내 밭에 매달려 김을"(「시장이 반찬」)매기도 했다. 시 「풀 속에 자란 양귀비꽃 하나」에서는 꽃 한 송이 옮기는 것도 놔둬야 하나, 옮겨야 하나를 두고 "하루 종일/ 심란"했을 정도로 넘치는 꽃 사랑을 보여준다.

그녀는 시 「꽃 할머니」에서 "틈만 나면 집 주변에서 길가에까지/ 꽃을 심습니다"며 그런 자신을 "마을 사람들은/ 꽃 할머니"라고 부른다며, 그런 마을 사람들에게 "또 봄이 오면 두창리 호수가에/ 꽃을 잔뜩 심을 겁니다/ 평생 지워지지 않을/ 꽃향기가 쌓일 때까지 말입니다"고 밝게 화답하고 있다. 꽃에 대한 사랑은 시 「마지막 국화」에서처럼 "지는 꽃 아쉬워/ 꽃 주전자에/ 한 아름 따다 꽂는" 끝없는 꽃사랑을 보여준다. 박청란 시인의 꽃에 대한 예찬은 시 「꽃처럼」에 잘 표현돼 있다.

나무 뒤에 숨어 서리 맞고

비 맞아도 웃음으로 피어나는 꽃

꽃들은 입방아가 없다

내일이면 춥다는데

추위에 온몸 시리면서도

진한 향기로 피어나는 꽃

꽃이 화내는 것을 본 적이 없다

찬바람에 꽃대가 휘어지고 허리가 꺾여도

꽃향기 주는 게 꽃의 일 인양

꽃은 그렇게 산다

「꽃처럼」 전문

소녀와 어머니

박 시인은 「화창한 봄날」에서 "이불 빨아 널기 딱 좋은 날이구나"며 탄성을 지른다. 「햇살 향」에서는 "뽀얗게 빨아

넣은 빨래/ 살짝 코에 대 본다/ 햇살 향 난다"고 한다. 이불
과 빨래에 대한 기억은 친정어머니에 대한 좋은 기억과 이
어져 있어 탄성을 불러일으키고 있다.

두창리 호수 건너편에서 은은히 들려오는 다듬이 소리
에 시인은 어머니를 떠올린다. "옛날, 이불 홑청 뜯어 삶고
빨아/ 찹쌀풀 먹여 꾸들꾸들 말려/ 다듬잇돌 위에 야무지
게 놓고" 다듬이질 하던 "어머니 생각이 절로" 난다며 어머
니에 대한 그리움을 노래하고 있다. 풀 먹인 바삭한 이불을
덮던 어린 소녀의 옛 기억은 「늙으면 걱정이 많다」에서 "내
생의 사이길 틈새로 비친 봄볕에 잘 말린/ 풀 먹인 광목천
다듬이질 곱게 하여 꿰맨 이불/ 바스락바스락 광목천 이불
우는 소리가 유난히/ 정겹게 들리는 밤이면 늘 윗목으로 살
아온 80 평생/ 끝자락을 따뜻한 아랫목에 등 보이며 잠 청
해보는데"라며 옛 추억과 오버랩된다. 시인에게 이불은 기
분을 좋게 하는 상징이다. 그래서 서울에서 이사 올 때 나
눠주고 온 "원앙이불 나비이불 사과이불"에 대한 아쉬움이
크고, "보드랍고 포근한 명주 솜이불"에 온몸을 감싸는 달
콤함이 크다.

시인의 시어머니에 대한 그리움은 「어느 더운 여름날」에
서 더욱 애틋하다. 큰아들 출산한 시인을 위해 시어머니가

"손수 미역국에 고깃국을 여러 가지로 바꿔가며" 끓여주던 기억과 "양장점에 데리고 가서 원피스를 맞춰" 입혀주고, "아기 예쁜 포대기에 싸서" 품에 안겨주고 "기차역까지 배웅하시던 모습"을 차마 잊을 수 없다. 시어머니에 대한 또 다른 기억도 아름답다. "늦둥이 가졌을 때 6개월 때"에는 "잠자리 날개 같은 한복/ 어머님은 노란색/ 나는 분홍색 숙고자 치마저고리/ 남편은 회색 양복 차려입고 명동"에 나들이 가서 "어머님 악어백 사드리고/ 창경원 들러 어머님 양산 받고/ 가운데 모시고 사진 찍고/ 오장동 회냉면을 먹었"(「동행」)던 풍요롭고 행복하던 시절을 노래하고 있다.

노년의 뜨락

박 시인은 한때 "손끝이 얼얼해"질 정도로 "꽃씨를 뿌"리던 시절을 뒤로한 채 「꽃 심을 곳을 잃고」에서처럼 "꿈결같이 지나가 버린" 세월 앞에서 "꽃 심을 곳을 잃"은 쓸쓸함을 노래하고 있다. "희뿌연 잿빛 하늘/ 그 아래로 막걸리에 취한/ 해는 벌겋게 떠 있다"며 "나는 흔들리고 있다"(「원삼 막걸리」)는 시인은 「해지는 겨울날」에서 "청춘은 가고 늙음에 맘 아파하는 날 많아"라며 "꽃 속에서 꽃잎처럼 지는

구나"며 늙음을 한탄하고 있다.

　그녀는 「또 봄으로」에서 "엄마와 함께/ 살았던 만경평야"
를 떠올리며 "함께 웃고 놀던 그 아이들/ 나처럼 늙어가고
있겠지"라며 "한때는 단발머리 나풀거리는 소녀였다오/ 지
금은 그저 마음만 소녀라네"(「세월 무상」)라고 한숨짓고 있
다. 50대 후반 적지않은 나이에도 "북한산에서 제일 힘든 포
대능선"을 빠르게 올라 "다람쥐"(「포대능선」)라는 소리를 듣
던 젊음의 시절이 가고 이제 "지는 꽃 막을 수 있다면"(「지는
꽃」)이라며 시간을 거스르고픈 심정임을 고백하고 있다.

　그러나 시인은 "일곱 손자에 할미"로서 "이만하면 큰 탈
없이 잘 살았다"고 할 정도로 멋진 인생을 살았다. "하늘을
치솟는 도토리나무"를 보면서 "너와 나는 건강하게 잘 살았
구나"(「도토리나무」)라고 위로와 위안과 칭찬을 해 줄 만한
삶을 살았음을 스스로도 인정하고 있듯 박청란의 시를 보
면 박 시인의 잘 살아온 인생을 알 수 있다. 박 시인의 나이
듦은 우리 모두의 삶에 해당한다.

시
인
의
말

나는 사랑했다 두창리를

두창리 사람들과 흙 꽃

푸른 잎새 단풍 짙은 녹음 발가벗은 나무들

씨를 뿌려 꽃이 피면 가슴이 뛰었다

모든 게 다 소중하고 기쁨으로 가득 차

소리치고 싶었다

허나

이 또한 외롭고 적막하고 조용한 시골길

혼자 걸으면 외로워

들로 산으로 맘껏 걷고 뛰었다

그리운 두창리

2023년 11월

들꽃 박청란

박청란 시인
경남 양산 출생
『한비문학』 시부분 신인상으로 등단
<용인문학회> 회원
동인지
동인시집 : 『동행』, 『들꽃』, 『막차』